KB265178

산마을

산마을

글쓴이 / 한광구
펴낸이 / 孫貞順
펴낸곳 / 모아드림

1판 1쇄 / 2004년 8월 2일
서울 서대문구 북아현3동 180-22
전화 / 365-8111~2
팩시밀리 / 365-8110
E-mail / morebook@korea.com
　　　　morebook@morebook.co.kr
http://www.morebook.co.kr
등록번호 / 제2-2264호(1996.10.24)

ⓒ한광구
ISBN 89-5664-055-6

* 이 책은 추계예술대학교의 연구비를 지원받았습니다.

* 잘못된 책은 구입하신 서점에서 바꾸어 드립니다.
* 지은이와의 협의하에 인지를 붙이지 않습니다.

값 6,000원

모아드림 기획시선 64

산마을

한광구 시집

모아드림

■ 自序

　새로운 세기를 맞으며 나는 「산으로 가는 문」을 통과하고 마침내 산마을에 머물 수 있게 되었습니다.

　산이란 공간은 내게 일상의 삶을 초월할 수 있는 성(聖)의 공간입니다. 나는 이 산으로 왔고 이 산마을에서 새롭게 사람의 삶을 만났습니다.

　그리고 보니 내가 산으로 온 게 아니라 산이 나를 오래 기다렸다가 불러 주신 걸 깨달았습니다. 포근히 안아 주시는 그 깊은 사랑에 감사할 뿐입니다.

　나도 귀가 순해지면서 산마을의 바람소리 물소리를 듣는 나이가 되었습니다.

　이 시집을 있게 해준 분들에게 감사합니다. 특히 기꺼이 해설을 주신 김재홍 교수에게 감사합니다.

2004년 7월

한 광 구

차 례

自序

1부 사람의 아들

사람의 아들　12

따스한 손　13

어떤 조각(彫刻)　14

비봉(飛峰)을 찾아　15

절벽(絶壁)　16

바위 수련(修練)　18

법원리(法源里)　19

어떤 벽화(壁畵)　20

잿빛 옷　21

사랑경(經)　23

양평　25

빨간 꽃밭　26

요한의 가을　27

망가진 시계　28

산딸기　30

석탄　31

2부 산마을의 집

함박눈　34

예감　35

산마을의 집　36
한 그루 꽃나무　37
하늘거울　38
약속　40
풍무(豊舞)　41
초승달　42
자스민　43
비 오는 날　44
거울하늘　45
나의 소　46
산 우물　47
강물소리　48
햇살무늬　50
가을비　51

3부 화요일 밤

화요일 밤　54
용서　55
먼지　56
장님　57
이슬　58
문둥이　59
근황(近況)　60
별사(別辭)　61
눈이 녹다　62
간월도(看月島)　63

산 농사　64

투명　65

초대장　66

촛불 길　68

발소리　69

4부 푸른 노래

농사법　72

우리 집　73

하늘 문　74

푸른 노래　75

산 말　76

아버지　77

부활　78

그 강물　79

물소리　80

알면서도　81

입김　82

문소리　83

칠감(七感)　84

독약　85

숨은 문　86

청동사슴　87

치자빛 사랑　88

부엽토(腐葉土)　89

더러운 꿈　90

소금을 뿌리며 91

일주일 92

푸른 빵 93

고요 그리기 94

오류(誤謬) 95

5부 말씀의 나라

1. 말씀의 나라

사랑의 집 98

별 하늘 99

어머니의 집 100

다윗의 거리 101

저녁 초대 102

궁전에서 103

무엇을 땅바닥에 쓰셨나요 104

당신의 배를 타고 105

로마행 107

하늘 뿌리 108

소나무의 언덕 110

고요의 중심 111

허물어진 언덕 112

폐허의 뼈 113

소나무 아래 114

2. 성녀의 마을에서

어머니의 딸 115

사랑 샘물 117

사마리아 풍경 118

양식 120

그 연못 121

천사의 집 122

성찬(盛饌) 123

작은 돌 한 개 124

물 위를 걷듯 125

3. 수도원 길

수도원 길 126

성녀의 숲 127

천년의 잠 128

착한 목자 129

성녀를 위한 미사 131

축일 만찬 132

물 성모 상(像) 133

당신의 방 134

생일파티 135

당신의 언덕 136

당신의 석양 138

잠시 만남 139

성령이 내리는 집 140

해설

사랑의 시, 평화의 시 / 김재홍 141

1부 사람의 아들

사람의 아들

　사람으로 말하자면 나는 아버지가 누구인지 모르고, 추운 겨울에 마구간에서 태어났으며, 어두운 밤하늘의 별을 보고 첫울음을 울었느니, 그때 그곳을 지나가는 사람들이 불쌍히 여겨 준 물건으로 추위를 면했느니, 사람으로 말하자면 나야말로 사람 중에서 가장 보잘것없는 사람. 이보시게, 내가 굶주림과 가난 속에서 떠도는 나그네 되었을 때 나를 따스하게 맞아주었던 사람아, 이보시게, 내가 굶주리고 있을 때 음식을 나눠주던 사람아, 이보시게, 내가 목말라 쓰러질 때 생수를 조금 나눠주던 사람아, 그때 나는 알았네, 알았어. 이보시게, 내가 병들어 신음할 때 한 모금의 따스한 물을 주던 그대가 내 사랑, 이보시게, 내가 진리를 위해 핍박받으며 마침내 감옥에 갔을 때 나를 찾아와 준 사람아, 그대가 내 사랑, 알겠네, 알겠네, 세상에서 가장 비천한 사람에게 베풀어준 그대의 사랑이 내게는 은총(恩寵)이었던 것을. 그 은총으로 사람의 아들이 예까지 살아 왔네.

따스한 손

　　마침내 당도했습니다. 문을 열고 들어서니 따스하게 손을 내밉니다. 빛살처럼 닻줄처럼 내리는 손을 잡습니다. 따스하게 전해오는 온기에 얼어붙은 몸이 녹아 찬바람에 마디마디 끊어지던 낱말들이 이어지며 말이 됩니다. 혀를 맴돌던 말이 아빠, 아버지라고 발음이 됩니다. 인자롭게 웃으며 바라다보던 어머니가 내 손을 잡고 푸른 하늘과 맞닿는 봉우리로 이끌고 가고 있습니다.

어떤 조각(彫刻)

당신은 나를 다듬는
정(釘)과 망치였네
매일마다
당신의 뾰족한 정을 맞고
찡한 아픔
신경의 마디마디
깊이 스미더니
어느새 그 아픔도
겹겹이 주름지며
검푸른 심줄이 되었네.
검붉은 생애(生涯)를
모나고 각진 부분
이리저리 다듬고 갈아
이런 모양으로
부드럽고 곱게
당신 사랑을 숨쉬는
돌이 되었네.

비봉(飛峰)을 찾아

나무들이 맨 가지를 뻗어
하늘을 가리키고
햇살은 내려와서
방향을 알리지만
찬바람 엇갈려 불어와
눈보라 흩날리는 삶에서
길은 보이질 않네.
길을 찾아 칼바람 속을 뚫고
올라도
아직도 비봉(飛峰)은 보이지 않네.

절벽(絕壁)

정상으로 가는 길은
언제나 절벽이네.
햇살이
명암(明暗)으로 엇갈리는
이쪽은
늘 그림자 지는 사람의 길.
오르다 넘어지고
다시 오르는
절벽은
언제나 절벽일 뿐
살 찢어지고
피 터져서
오르고 올라도
길은 가파르게 이어지고
눈물과 피로
가쁜 숨 몰아쉬다가
문득
소나무 한 그루

바위에서 상수리 가지로
구름을 헤쳐
환하게 웃는
푸른 하늘을 열고 있네.

바위 수련(修練)

바위를 닮으려고
바위처럼 앉아 있었네.
무릇 돌들이 밥이었으면 좋겠네.
산 속이 햇살 아래 색깔이 들어나네.
모든 사물(事物)이 햇살을 받아 반짝이네.
날 보고 햇살 쏟아지는 정상으로 오라네.
보이는 것 모두를 다 주겠다 하네.
구름이 포근히 안아주겠다고 속삭이네.
내 마음속 돌들이 우르르 굴러서 떨어지네.
바람이 세차게 하늘을 흔드네.
날 보고 굴러 떨어지면
아래 세상을 품안에 안게 된다고 하네.
물러가라, 바람의 혓바닥아
그날은 종일토록 흔들리는 바위에서
높푸른 하늘을 우러렀네.

법원리(法源里)

세상은 눈에 덮여
길은 얼어붙고
가다보면 자꾸 흐려지는 창엔
성에로 하얗게 덮였지만
미끄러지며 돌고 돌아
법원(法源) 마을을 찾아갑니다.
마침내 당도하니
당신의 집엔
창으로 햇살이 들고
떡과 생수가 놓여 있습니다.
몸을 녹이고
주시는 떡을 먹습니다.
물을 마십니다.
삶을 따스한 사랑으로
발효시켜
걸러진 당신의
술을 마십니다.
당신의 살처럼
떡을 먹으며
오늘은 이 마을에 머뭅니다.

어떤 벽화(壁畵)

반쯤 허물어지고
철골 들어났네
햇살 침침하고
먼지 두텁게 쌓였네.
바람 불 때마다
몸부림치듯
흩날리는 먼지
비명(悲鳴)을 지르는
검은 그림자
검은 힘줄
고통도 이토록
춤이 될 수 있는가
몸을 벗어 놓고
하늘로 간 사람이여.

잿빛 옷

이제는 옷을 바꾸어 입어도 좋으리
원색을 버리고
잿빛으로
삶이란 이렇게 색이 바래야
하늘에서 오는
바람소리를 알게 되리
바람이 전해주는
멀고 먼 산 너머를
몸으로 알리.

이제 가벼운 옷이 좋으리
햇살과 바람이 드나들기 쉬운 만큼
헐거워지는 세상
가볍게 먹고
가볍게 누는
머리 위에
푸른 하늘
냄새를 말리며

정수리로 내리는
햇살을 받아
감사로 살리.

사랑경(經)

사랑은 두려워요.
(두려울 것이 없는데 두려워하고)
사랑하면 서로 하나가 되는 것이지요.
(두려움이 있는데 두려워하지 않는)
한 몸은 서로가 서로를 소유하는 것이고요.
(그릇된 소견을 가진 자들은)
난 완전히 갖고 싶어요.
(악한 곳으로 떨어진다.)
내가 꿈꾸는 완전한 사랑을요.
(죄가 없는데 있다고 생각하고)
당신을 위해 살고 당신은 나를 위해 사는
(죄가 있는데 없다고 생각하는)
하지만 서로 자유를 원하지요.
(그릇된 소견을 가진 자들은)
자유는 질투의 불꽃이에요.
(악한 곳으로 떨어진다.)
질투는 상처가 남고
(죄가 있으니 있는 줄 알고)

하지만 당신을 죽도록 사랑해요.
(죄가 없으니 없는 줄 아는)
우린 서로 상처를 핥아가며
(바른 생각을 가진 사람들은)
멍을 녹이는 게 사랑이지요.
(착한 곳에 이르리라.)

양평

삼월이 되어 양평에 와서 보니 산은 산끼리 줄기를 이루고 가다가 우뚝 봉우리를 만들고 내려와 계곡을 이루었네. 낮은 곳으로 스미는 물은 모여 냇물이 되고 다시 모여 강물이 되어 흐르지만 산은 여전히 산, 산이 산끼리 만나서 산맥을 이루는 우리들의 완고한 틀이라네.

우리는 어느 하늘에서 내려와 이 산속 어느 수풀에 맺히던 이슬이었더냐. 스스로 무거워 떨어지고 떨어져 하나 둘 모여서 더불어 흐르다가 점점 깊어져서 엎드려 하늘을 우러러 땅위를 퍼렇게 기어가다가 산 그림자를 받아 안고 내리시는 햇살을 받아 반짝 반짝이는 말씀을 읽다가 검푸른 침묵으로 깊숙이 속삭이며 어디로 흘러가는가.

빨간 꽃밭

그자는 갑자기 달려들어
내 깊숙한 국소를 찌르네.
몸에서 빨간 피
솟구쳐 오르네.
그자가 칼을 높이 들어
승리를 외칠 때마다
내 몸엔 빨간 꽃
빨간 꽃송이들이 피어나
어느새 온통 빨간 꽃밭이라네.
박혔던 상처들이 터져
빨갛게 타오르고
살 굽는 연기처럼
꽃향기로 피어올라
그자는 승리에 취해 비틀거리고
나는 빨간 꽃향기에 취해
황홀하게 쓰러지네.

빨간 꽃밭

요한의 가을

　그해 가을, 아빠는 끝내 오지 않고, 엄마는 빨갛게 익은 사과가 먹고 싶다고 과수원으로 가고, 이모는 속이 메스껍다고 연신 구역질을 해대고, 어린 요한은 마차를 타고 덜컹이며 어디론지 가고 있었습니다. 달 밝은 밤이 오자 엄마는 달맞이꽃처럼 바람벽 아래서 치마를 갈아입고, 이모는 바람에 하얗게 몸을 뒤집는 개비름이 되고, 어린 요한은 달빛을 따라 집을 나왔습니다. 달빛에 젖은 강둑에서는 자잘한 꽃들이 난장이처럼 곡예를 하고, 나무 그림자가 검은 포신(砲身)처럼 은밀히 진주하고, 낯선 낱말을 지껄이는 수풀 사이로 요한은 달빛을 쫓아 한없이 걸었습니다. 다음날 아침 이모는 햇살을 다듬어 잠든 요한의 머리맡에 놓아주었고, 엄마는 요한을 깨워 과수원으로 가는 마차에 태웠습니다. 덜컥이는 마차에 햇살이 쏟아지며 반짝이다가 마침내 비로 변했습니다. 엄마는 옷을 벗어 쏟아지는 빗줄기에 온몸을 맡기고 요한은 엄마의 가슴에 안기어 소리 죽여 울었습니다. 그해 가을부터 요한은 어른이 되었습니다.

망가진 시계

밤길을 천천히 걸었네.
낯익은 거리지만
인적(人跡)은 드물고
때때로 급하게 달리는 자동차
누가 뭐 때문에 저리 급할까
쏜살같이 달리더니
아, 꽈당
시계탑을 들이받네.
차가 넘어지고
시계탑도 쓰러지네.
파열음(破裂音).
굴러 떨어지는 시계에서
초침(秒針)이 날아가고
시침(時針)이 떨어지네.
바퀴는 헛돌고
검은 기름이 흘러나오네.
누구냐,
부서진 문으로

몸을 내밀고 허공으로 손을 뻗는
저 사람
아, 몹시 낯익은
내 손목을 꽉 잡고 놓지를 않는
아, 바로 나였구나.

산딸기

젊은 수풀을 헤매며 산딸기를 땁니다.
빨갛게 익은 딸기 한 바구니를
당신께 바치고 싶습니다.
당신의 입안에서 씹히는
싱싱한 딸기가 되고 싶습니다.
사랑이 온통 딸기로 향기롭게 익어
당신 속으로 녹아들고 싶습니다.
이건 아닙니다.
짙푸른 수풀 속에서 갑자기 달려들어
입술을 앗아가는 꽃뱀
아찔하게 파고드는 독(毒)에
농익은 딸기 끓어올라
빨갛게 끓는
딸기밭
결국 독도 사랑이 되나요?
사랑의 독에 빨갛게 타는
이 몸은 연옥(煉獄)입니다.

석탄

이 몸은 늘 당신을 향해
폭발하고 싶은 화산(火山)이었소.
먼먼 원시림의 아우성과
우우 달려오는 짐승들의 발소리에
귀먹고 눈멀어
검은 침묵으로
층층이 함몰되는 사랑이었소.
검게 굳어진 생애
밑바닥에 가라앉은 낱말들
까맣게 쌓여
석탄이 되었소.
이 몸도 마침내
당신을 위해 빨갛게 타오르는
당신의 딸기가 되고 싶소.
연옥일지라도.

2부 산마을의 집

함박눈

산마을에 다다르니
함박눈이 내리네.
무슨 말씀입니까
무슨 말씀입니까
흰나비처럼 날아오는
아름답던 생애(生涯)
한 굽이를 풀어내어
흰 날개를 달고
춤추듯 내려와서
앙상한 나무 가지마다에
사랑한다고
사랑한다고
하얗게 속삭이는
그 목소리를
오늘은
혼곤한 삶을 열고
비로소 듣겠네.

예감

고요한 시간이 흔들립니다.
바다를 건너
산을 넘고
바람처럼 오시는
당신에게
엎드린 산이
고개를 듭니다.
아직 눈과 비가 섞여 오는
이 땅에서
당신을 느끼는 사람들은
먼저 깨어나
맞이할 준비를 하고 있습니다.

산마을의 집

산마을 집으로 보금자리를 옮기기로 했다.
작은 집에서 옹기종기 놓였던
먼지를 털어내고
가볍게
하늘 아래
나무들이 사는 이곳으로
새처럼 날아왔다.
저만치 앞서 가시는 어머니를 따라
홀가분한 마음으로
우리 가족 모두
햇살이 가득히 내리는
산마을 집으로 와서
새 보금자리를 틀기로 했다.

한 그루 꽃나무

내 집을 방문 하였습니다.
빨간 모자에 하얀 십자 가운을 입고
연분홍 꽃등을 환히 켜들고 찾아 왔습니다.
우리가 내외가 가정을 이룬 지
스물일곱 해가 됐다고 찾아 왔습니다.
아, 그렇게 됐습니까?
그냥 살 비비며 살아왔을 뿐입니다.
감사합니다.
넝쿨 같은 삶일지라도
꽃등 환히 밝히고
푸르게 뻗어가며
맺히는 꽃송이들 엮어
살아가라고
어머니께서
오늘은 꽃나무 한 그루 주셨습니다.

하늘거울

목이 말라 깨어난
새벽 4시.
하늘이 뿌옇게 트여 오고
가뭄 타는 들판이
하늘의 비를 기다리며
검푸르게 누웠네.
부지런한 논 몇몇은
때가 되었다고
어느새 물을 가둬 안고
밤새워 하늘을 우러러
반짝이네.
누구냐, 저 사람은
이 깊은 가뭄 속에서도
저렇게 밤을 새워 물을 모아
반짝일 줄 아는 저 사람은.
그래, 저 사람 때문에
하늘도
거울을 들여다보고

때가 되었다고
비를 내리시어
파란 말씀의 모를
꽂도록 해주시는 거지.
하늘엔 샛별
땅엔 하늘거울
반짝이는 몸.

약속

어디로 가느냐고
묻지도 않고
눈물 흘리는 사람아
네 눈물이
수정(水晶)이 되는
약속을 하자
밤하늘에 별도
어둠이 짙을수록 빛나듯이
오늘 우리 어둠 속에서
흘리는 뜨거운 눈물
약속이 되어
어두운 하늘에 별처럼
반짝이리니
사랑아,
눈물 젖은 가슴에다
약속을 심어 놓고
우리 이 산을 가자.

풍무(豊舞)

서울의 강물이 모여
흘러내리는 마포에서
자유로를 따라
서쪽으로 가는 길
강을 건너 들 한 쪽에
풍년을 맞아 춤을 춘다는 마을을
우연히 만났습니다.
인생의 가을걷이를 하라고
가난한 나를
어머님이 인도하셨습니다.

초승달

때가 되어
몸을 버리니
깜깜한 세상
바람이 불고
별들 잦아지더니
홀연
허공에서 들리는 목소리
평화
평화
동쪽 하늘에서
한 사람이
손을 흔들며 오고 있습니다.

자스민

연두빛 가운이 은은히 날리고
하얀 십자가를 가슴에 고이 안고
울컥 울컥 향기를 토하면서
그분이 오셨습니다.
지난밤 올리신 기도
고통으로 흘리신
땀방울 핏방울
오늘은 이렇게
사랑으로 걸러지며
연두, 연두
꽃잎으로 피어났습니다.
그래, 와서 보고 맛 들여라
그분이 연두 도포자락을 펄럭이며
어느 봄날
문득 제 집을 방문하셨습니다.

비오는 날

비가 오시려나
한 굽이 돌아가니
바위가 눈물을 흘리고
나무들이 머리를 조아린다.
바위야,
나무야,
하늘 아래 모여 있는 것들아
오랜 가뭄 끝에 비를 내려주시니
비 내리시는 소리
짙푸르게 어우러진
이 산에서
푸른 잎으로 하늘의 뜻을 읽고
깊은 뿌리로 땅의 힘을 빨아올려
열매 맺는 일을 알리려고
오늘은 하늘이 내려와 함께 하신다.

거울하늘

아침, 저녁으로 비춰 봅니다.
아빠 닮은 내가 어떻게 생겼는지
참, 좋다
햇살 안고
반짝이는
거울 안에 담긴
하늘

나의 소

소야, 나의 소야
비탈길 오르느라 숨이 차구나.
가득한 짐수레 힘이 드는구나.
자갈밭을 가느라고 발이 터지는구나.
굽이굽이 돌아 하늘과 맞닿는 길
이 고개를 넘으면
파란 풀밭
향긋한 풋내
소나무 아래
누울 수 있으니
가쁜 숨 몰아쉬고
질질 침 흘리며 걷는
나의 소야.
이랴, 어서 가자꾸나.

산 우물

누구냐고 했더니
흰 구름이 내리고
파란 하늘이 훌쩍 뛰어듭니다.
산도 와서 누웠습니다.
햇살 내려와 반짝입니다.
반짝반짝
말씀을 따라
나무와 풀들이 춤을 춥니다.
흔들립니다.

강물 소리

찌걱거리는 뗏목 위에
잠자리를 펴고
이부자리 자락으로
귀를 덮는다.

— 박목월 「一泊」 중에서

선생님,
제 귀도 물소리를 듣는 나이가 됐습니다.
아마 물도 꽤 깊어진 듯합니다.
하늘이 내려와 앉고
산 그림자 검푸르게 빠져 있습니다.
침묵으로 흘러내리는 물소리
물비늘
반짝반짝
바람은 불고
누구인지
헤엄치고 있습니다.
선생님,

피처럼 번지는 석양(夕陽)을
어떻게 노래하는지요.
등이 푸른
선생님께서
일박(一泊)하신
물소리
한 소절(小節)
오늘은 제가 따라 부릅니다.

햇살무늬

오늘도
하늘 받이
창으로
햇살 쏟아져 내려
투명한
무늬들
아롱이는 뜻
하나도 읽지 못하고
깜박 졸다가
다시 깨어나면
허공엔 먼지
먼지들 반짝이는 사이로
굴러가는 바퀴
바퀴 소리 들으며
어디론가 가고 있네.

가을비

시월이 오고
비가 내립니다.
젖어, 젖어 차갑게
스며듭니다.
푸른 하늘이
여름내 피워내던
화두(話頭)를
오늘은 주룩주룩 비로 내립니다.
모두 노랗거나 붉게 젖으며
고개 숙였습니다.
알겠습니다.
껍데기가 두터운 놈은
알맹이가 부실하고
껍데기가 얇은 놈은
쉬 바람이 든다는 걸.
오늘 내리는 비로
먼지를 씻어내고
고이 간직하겠습니다.

3부 화요일 밤

화요일 밤

　강의를 마치고 집으로 돌아가는 차안에서 문득 내게
집을 지어준 목수 생각, 그 못질하던 망치 소리, 못을
박고, 각을 맞추어 기둥을 세우던, 서까래를 얹어 지붕
을 만들고, 벽을 쳐서 방을 만들던. 몸을 편히 쉬고, 잠
들 공간을 내게 마련해 준 그분이 불현듯 그리워져 그
분을 찾아간다. 그분의 집은 이층, 위층엔 그분이 계시
고, 아래층엔 관리인이 살고 있다. 그날 창문엔 불이 꺼
져 있고, 문을 열고 마당에 들어서니 언제나 같이 그분
의 어머님이 인자한 미소로서 맞아주신다. 고요한 집
어딘가 노래 소리 가늘게 들려온다. 노래 소리 따라가
니 지하실이다. 울음소리, 웃음소리, 들어서니 한 떼의
사람들이 모여 제 몸에서 못을 빼내고 있다. 매주 화요
일 밤마다 모여 살아오면서 박았던 못을 하나하나 뽑으
면서, 어떤 이는 아파서 울고, 어떤 이는 시원해서 웃
고, 어떤 이는 제 몸이 불쌍해서 쓰다듬으며 울고 웃고
있다. 그 지하실로 들어가니 웬일인가, 내 몸에 박힌 굵
고 긴 장대 못이 보인다. 가슴을 가로질러 단단히 박혀
아무리 빼려 해도 좀처럼 빠지지 않는다. 아무래도 이
못을 빼내려면 매주 화요일 밤마다 이리로 와야겠다.

용서

아무리 용서하려고 해도
용서가 안 되는 그자를 위해
바닷물에서도 자라는 뽕나무를
보여 달라고 했더니
출렁이는 바다에
겨자씨만한 햇살
떨어지며
흔들리는 빛살로
하얗게 뿌리를 뻗어가네.

먼지

바람 불어
온통 나풀거리는
몸짓뿐으로
떠돌다 가버리는
목숨을
누가 무겁고
누가 가볍다고
구분하겠느냐.
하늘 아래선
온 세상이 저울에 앉은 먼지와 같은 걸

장님

바람 소리
발소리
가슴이 뛰고
눈시울
뜨겁게 젖어
보고 싶어요.
알고 싶어요.
소란스런 바람 끝에
묻어오는 숨소리
들려오는 말소리
물을 건너는 발소리
눈을 뜨고
보지 못하고
눈을 감아야
뚜렷해지는
그 얼굴.

이슬

하늘의 입김 받고
땅의 열기로 피어나
새도록 몸부림치며
헤매다가
겨우 만나
자리 잡았구나.
한 방울
두 방울
투명한 일생.
맺혔다가
떨어지는
순간이
바로 영원이구나.

문둥이

하늘이 부끄러워
얼굴이 없네.
눈감고
귀 막고
살이 썩는
죄의 동굴에서
손가락 잘리고
발가락 잘리고
삐뚤어진 입으로
어둠을 먹고
부르고 불러도
캄캄하게 짓무른
일생(一生)이
징징 울고 있네.

근황(近況)

파문하다.
선택하다.
말씀을 듣다.
새로워지다.

사람의 길에
불을 밝혀
길을 보여 주었건만
내 가는 길에
벌어지는 일
이치를 깨닫기는
참으로 어렵다.

별사(別辭)

이보시게 마침내 때가 왔네.
본래 사랑을 알지 못하는 그대는
이제 떠나줘야겠네.
그대가 만일 사랑을 옳게 알았다면
사랑을 미움으로 갚지는 않았을 걸세.
보시게,
더불어 산다는 것은
사랑하는 사람들의 몫이라네.
우리가 사랑을 나누며 사는 것은
삶의 참된 지식이라네.
진리를 몰라서가 아니라
진리를 알기에
결코 거짓이 없는
사랑의 길에서
그대를 내어 보낼 때가 온 걸세.

눈이 녹다

2월이 다 가고서야 눈이 녹고 있다.
쌓이고 쌓였던 눈이 질질 녹아내리고 있다.
용서할 수 없는, 용서가 안 되어 부릅뜬 눈이
차갑게 하늘을 우러러 몸부림치며 내려
쌓이고 쌓여 하얗게 얼어붙었다가
2월이 다 가고서야 질질 녹으며
추하게 풀어지고 있다.
아린 상처를 피눈물로 녹여내고 있다.
지난 겨울은 아우성치던 눈이 쌓여
길을 잃고 걷다보니
2월이 다 가고야 질질 눈이 녹는다.
피눈물처럼 붉은 흙을 적시며
질질 녹고 있다.

간월도(看月島)

철새 떼가 몰려왔다가
몰려가고
바다가 평야로 바뀌고
짠물이 민물로 바뀐
세상살이
정의의 기준도 그렇게 바뀌고
빛과 그림자 어우러져
일렁이며 엮어가는
역사 한켠에
섬인 듯 육지인 듯
자리 잡고
하늘을 지나는
달을 바라보다가
눈물 글썽이는
외로운 집
한
채.

산 농사

스산한 바람소리 들려옵니다.
언 땅에 누워 하늘에 반짝이는
별자리를 읽고 있습니다.
별 하나 나 하나, 별 둘 나둘
반짝이는 별을 따다가
내 마음의 밭에다
자꾸자꾸 심었습니다.
보세요,
파릇파릇 말씀이 돋아나네요.
언 뿌리에도 나뭇가지에도
별의 입김이 서려
반짝반짝
속삭이고 있습니다.

투명

하루 또 하루
각(角)을 잡아
못을 박고
위태롭게 지탱해 온 삶이지만
이제는 박혔던 못들을
뽑을 때도 되었네.
박혔던 못들이 빠지면서
헐거워지는 삶
속이 훤히 보이는구려.
숭숭 뚫린 구멍으로
햇살이 스며들고
바람이 드나들어
하얗게 풍화(風化)된
투명
투명으로 가득
채워지는 공간
안과 밖이 하나가 된
생애.

초대장

안녕하신가
내 집에 초대하니
바쁘시더라도 부디 오셔서
내가 마련한 소찬을 같이 먹음세.
나는 수고로이 씨앗을 가꾸어
마침내 수확을 했고
생명의 자양이 되는 음식을
그대와 같이 나누고 싶네.
믿음으로 땀 흘려 일해 본
사람이라면
참맛을 알 것이라 생각하네.
그대가 와서 먹어보고
이 맛을 증언하여 주게.
한 알의 씨앗이 떨어져
무수한 열매를 맺고
마침내 떡으로 변하여
생명의 자양이 되는 과정을
맛보고 알아

씨앗을 주신
아버지에게 감사하며
충만한 기쁨을 같이 나누세.

촛불 길

청평(淸平)을 지나 현리로 가는 길에서 나는 촛불 길을 만났습니다. 굽이굽이 가는 길에 소나무, 참나무, 느티나무 나무들이 살고, 물 흐르고, 바위 앉아 있고, 자갈이며 모래며 흙으로 이어지는 길입니다. 가다보니 길이 점점 없어지고 무엇이 와르르 무너지는 소리가 자꾸 들려옵니다. 무슨 소리입니까. 가만히 귀를 기울이니 그 소리는 내 안에서 들려옵니다, 가슴이 무너지는 소리 같기도 하고 살아오면서 멍든 살점이 떨어지는 소리 같기도 하고, 지글거리며 분노로 타오르던 말, 독 오른 낱말들이 벌겋게 녹슬어 제풀에 떨어지는 소리 같기도 합니다. 나는 그 자리에 풀썩 주저앉았습니다. 불이 났습니다. 훨훨 타오릅니다. 몸이 지글지글 끓으며 타오릅니다. 모두 태워버리고 돌아다보니 내가 걸어온 발걸음 발걸음마다 촛불이 켜져 있습니다. 촛불들이 환하게 길을 만들고 있는데 길 끝은 밤하늘과 맞닿아 있습니다. 이윽고 재를 털고 다시 이 촛불 길을 걸어 내려왔습니다. 마치 은하수 길을 걸어서 땅으로 내려온 것 같습니다.

발소리

흐린 하늘 아래
나무들이 비명을 지릅니다.
쩡쩡
언 땅이 울고 있습니다.
누가 오시는가
발자국 소리 들립니다.
언 땅이 눈물을 흘리고 있습니다.
나무들이 뒤척이고 있습니다.
죽은 나뭇가지 붉어지며
땅 밑에서 얼음장을 깨고
쩡쩡 걸어오시는
발자국 소리 들립니다.

4부 푸른 노래

농사법

잘못 앉은 돌을 골라내고 굳어진 흙을 바수어 잡풀
은 뽑아내고 하늘이 주신 말씀을 받아 이 땅에 엎드려
사는 목숨의 숨결과 섞었습니다. 보세요, 말씀이 파릇
파릇 싹이 돋고 꽃피고 열매를 맺는, 보십시오. 별이
지고 난 하늘에도 꽃이 피고, 길이 나고 땅에서 하늘나
라 저쪽으로 걸어가는 사람들의 말이 복음처럼 파란
잔디밭으로 펼쳐져 있습니다. 이게 제 필생의 농사입
니다.

우리 집

땅을 다지고
주춧돌을 놓았습니다.
어머니
넓은 사랑의 품안
아버지
단단 기둥을 세우고
지붕을 얹어
하늘 받이 창을 내어
햇살 잘 드는 곳에
식탁을 놓고
감사기도 드리고
밥을 나눠 먹는
우리 집
햇살이
땡 땡 땡
종을 울리는
우리 집.

하늘 문

오, 아름다워라
환한 빛으로
온몸을 감싸고
사랑의 힘으로
타오르는
굳센 생애가
여기에서
하늘을 여는
문이 되셨네.

푸른 노래

은은히 솟아오는

엷은 바람에 흔들리는

하늘에서 내려오는

아직 말이 되지 못하는

눈을 감아도 떠오르는

흔들리며 쏟아지고

파릇파릇 솟아나는

말씀의

푸른 숲을 걷다.

산 말

저요!
저는 개나리입니다.
저요!
저는 진달래입니다.
저요!
저는 목련이라 합니다.
저요!
저는 매화라 하구요.
저요!
저는 벗꽃이라 합니다.
여기저기 툭툭 터지는
목소리
배시시 웃는지
으앙 우는지
햇살의 입김을 받고
깨어나는 핏기입니다.
제 이름을
부디 기억해 주십시오.

아버지

베푸신 사랑
얼마나 큰가
그분의 사랑의 피로
태어나
아버지의 아들로
살아왔건만
너무 넓고 깊어서
그 사랑
미처 깨닫지 못하였네.
그분 얼굴을 닮은 나는
아버지가 사랑으로
이 땅을 가꾼 것처럼
이 땅을 사랑으로 가꾸며
살아가리
아버지가 피로써
나를 씻으셨듯이
나도 피로써
죄를 씻으며.

부활

다시 오시었습니다.
그 짙은 어둠을 뚫고
살을 찢고
피를 쏟고
다시 오셔서
하늘이 새롭게 열리고
세상을 일깨우셨습니다.
이 산등 허리마다
파란 잎
희고 노랗고 붉은 꽃잎
터집니다.
산 뿌리가 물을 빨아 올려
온 산이 새로 열리고 있습니다.
쏟아지는 햇살로
생명의 길을 열고
영원히 누릴
말씀을 읽어주고 있습니다.

그 강물

솟구쳐 흐르면서도
소리 내지 않네.
낮은 곳으로 내리면서
고함치지 않고
굽이쳐 흐르면서
밖으로 소리를 내지 않네.
갈대밭을 지나며
갈대가 부러졌다고
잘라버리지 않고
깊이깊이 흐르면서
뿌리를 적셔주네.
마을을 지나며
깜박이는 등불
끄지 않고
심지를 돋궈주며
굽은 길
바로 펴서
바다로 가네.

물소리

홀로 산에 왔습니다.
바위에 올라
하늘을 향해 누웠습니다.
바람소리 듣습니다.
우수수 흔들리는 나무
멀리 물소리도 들립니다.
나무들이 굵은 뿌리로
물을 길어 올리는 소리입니다.
곁에 서있는 소나무
푸른 솔잎이 눈을 찌릅니다.
눈물이 솟구치고
온몸이 축축해지더니
콸콸콸
내 몸도 물이 되어
흐르고 있습니다.
온 산을 적시고 있습니다.

알면서도

알면서도 못합니다.

남을 비판하지 마라
너희도 비판받을 것이다.
남을 단죄하지 마라
너희도 단죄받을 것이다.
남을 용서하여라
너희도 용서를 받을 것이다.
남에게 주어라
너희도 받을 것이다.

입김

하늘로 가는 길
생애의 오후
문득 몸이 허물어져
여기
살라 하시니
하늘의 입김
풀잎처럼 부드럽고
햇살처럼 따스하고
꽃잎처럼 향기롭다네.

문소리

삐걱하고 열리며
하늘이 보이고
삐걱하고 열리며
세상이 보인다.
오늘은 그만 문을 닫고
만리(萬里) 밖에서 들려오는
바람소리를 듣는다.
침침한 생애(生涯)
흐느끼는
얼룩진 그림자로
이불을 덮고
모로 눕는다.

칠감(七感)

　사람의 감각은 보고 듣고 냄새 맡고 피부로 느끼며 맛보는 다섯 가지인줄 알았는데 이에 더하여 일곱 가지 감각이 있구려. 몸이 저절로 느끼는 육감이라는 게 있는 줄 알지만 하늘에서 층층 떨어지는 구름, 바다에서 반짝이며 오르는 물결, 땅에서 만나서 춤추는 안개 바람되어 몸속으로 스며들어 굽이굽이 자맥질하며 속살을 간질어서 피어나는 소리

　날개를 달고 도. 레. 미. 파. 솔. 라. 시. 날아오르네.

독약

예쁘다고 집에 들인 고양이 놈이 심술이 나서 가슴을 할퀴어 살 한 줌 찢어 놓더니 웬일이냐 으스스 열이 오르고 독이 퍼져 몸과 마음 모두 아파 오네. 허. 허. 허. 헉 앓다가 의사를 찾아가니 그런 병은 몸이 스스로 알아서 독을 약으로 바꿀 줄 알 때까지 기다려야 한다고 일러주네.

숨은 문

그 문을 열어야
만난다.
받는다.
안다.
듣게 된다.
옳게 보인다.
맛보게 된다.

청동사슬

누구인가
오늘은 사슬 끌리는 소리
유난히 크구나.

아, 자네로군
이보게, 본디 말과 말이 엮어지면 문장이 되네.
문장과 문장이 엮어지며 삶의 역사가 되네.
말은 진실을 만나면 시(詩)가 되지만
거짓을 만나면 시퍼런 청동사슬이 되네.
이 사람아,
아무리 혓바닥을 놀려대지만
진실이 없으면
쏟아놓는 말마다
무더기 무더기로 엮어져
시퍼렇게 녹이 슬어
자네를 꽁꽁 묶는
청동사슬일세.
오늘도 자네는 자꾸
청동사슬로 스스로를 묶고 있군.

치자빛 사랑
— 심재영 화백 정년에 부쳐

부드러움 속에 강함이 있네.
낮은 데로 걸으면서
높은 산을 오르네.
두주불사.
사람과 어우러져 흐르는
삶의 강물에서
늘 깨어 생수(生水)로 흐르니
더불어 취하나
황토를 가라앉혀
아름다운 예술로 승화시켰네.
한때는 수묵과 황토로
대륙을 헤매며 삶의 형상을
면면히 역사로 보여주더니
다시 그걸 가슴에서 삭혀
치자빛 사랑으로 우려내어
얽히고설킨 사람의 길을
하늘까지 이르게 하네.

부엽토(腐葉土)

발소리 소란스런 길거리입니다.
(말씀을 듣기는 하였지만 모두 빼앗겼습니다.)
그늘 짙은 바위 밑입니다.
(말씀을 기꺼이 받아들였지만 뿌리를 내리지 못합니
다.)
거친 가시덤불입니다.
(말씀이 쾌락에 눌리어 열매를 맺지 못합니다.)
젖은 부엽토(腐葉土)입니다.
(말씀을 간직하여 꾸준히 열매를 맺고 있습니다.)

더러운 꿈

어두운 하늘에
흐린 달이 뜨고
숲에서는
검은 손가락들이 돋아나네.
기다랗고 섬세한 손가락들이
하늘을 향해 흔들리네.
달이 녹아 하얀 젖이
흘러내리네.
검게 흐르는 강에서
가래처럼
하얀 거품이 끓어오르고
숲에서는 폭죽처럼
새들아 날아오르네.
이를 어쩌랴
기도(祈禱)
않고서는
도저히 쫓아낼 수 없는
이 더러운 꿈을.

소금을 뿌리며

사랑은 소금인 거야
너무 쏟으면
짜고 쓰다네
알맞게 붓고
알맞게 녹아야 간이 맞지.
간이 맞아야 맛이 생기고
서로 나눌 정이 생기고
한 세상 같이 살맛이 나지.
살맛이 나야 뜻이 생기고,
뜻이 맞아야
서로 한 길을 갈게 아닌가.
이보시게,
사랑은 서로 변하는 거야,
보기 좋게 어우러져
푸른 말씀을 가꾸고
말씀으로 열매를 맺는 거야.
오늘부터 소금이 되시게
풀어지며 완전히 녹으시게.

일주일

간밤의 달빛이 우유로 녹아내려 가슴이 젖어듭니다.

가슴을 열고 하늘을 향해 아지랑이를 피워 올립니다.

하늘에 구름 따라 흐르는 물소리를 들으며 갑니다.

나뭇가지 마다 푸른 잎 돋아나 바람에 흔들립니다.

쏟아지는 햇살에 가지마다 꽃피고 열매를 맺습니다.

열매들이 떨어져 땅으로 뿌리를 뻗고 있습니다.

따스한 햇살의 입김을 받고 뿌리에서 싹이 돋습니다.

푸른 빵

날마다 우리는
푸른 빵을 먹어요.
땅에서 올라온 물기
햇살로 익어
초록으로 부풀어 오른
푸른 빵을 먹어요.
하늘이 나눠주시는
푸른 빵을 먹어요.
몸과 피로 익은
말씀의
푸른 빵을 먹어요.
살이 되고
피가 되는
푸른 빵을 먹고
하늘을 향해
푸른 가지 뻗고
땅으로 더 깊이 뿌리 내리며
살아가기 위해
푸른 빵을 먹어요.

고요 그리기

모든 사물의 형상을 지우니
처음엔 깜깜했습니다.
캄캄한 가운데 흔적을 보았습니다.
흔적을 따라가다가 실체를 만납니다.
실체는 형상이 아니라 에너지였습니다.
탁탁 부딪치는 직선의 힘이었습니다.
힘을 주다가 그것마저 지우니
고요가 찾아왔습니다.
고요의 숨소리가 들립니다.
숨쉬는 시간을 봅니다.
사각사각
하얀 백지 위로 걸어갑니다.
한 영혼이 걸어가고 있습니다.

오류(誤謬)

　그날 산행에서 길은 세 갈래였습니다. 한쪽 길은 서로 살아가면서 입은 상처를 드러내놓고 서로 위로하며 쓰다듬으며 올라가는 길이고, 한 길은 투박한 삶을 걸러서 뽑아내며 서로 정을 나누며 올라가는 길이고, 한 길은 병들고 가난한 사람과 더불어 올라가는 길이였습니다. 첫 번째 길을 가다보면 걸려 넘어져 상처를 입을 수 있는 길이 나타나고, 둘째 길은 나무 숲길이고, 셋째 길은 짐을 지고 수고로이 올라가야 하는 길입니다. 나는 편한대로 두 번째 길을 택하여 걸었습니다. 하지만 가다가 보니 길은 침침하고 찬바람이 불어옵니다. 가다가 돌아서왔으나 마음이 편치 않았습니다. 그날 저녁 꿈에 아버지가 나타나 애야, 옳은 산행은 세상을 살면서 알게 모르게 서로 받은 상처를 드러내놓고 서로 어루만지며 오르는 거라고 이르셨습니다.

5부 말씀의 나라

사랑의 집
— 파리 근교

검푸른 세느 강물이 넘실거립니다.
물로 씻고 씻어 내리셨습니다.
파리 근교 가난한 마을입니다.
바람소리를 듣고 있습니다.
하늘엔 비행운이 하얗습니다.
어린 양이 살고 있습니다.
하늘에서
비둘기 모양으로 내려옵니다.
강물이 출렁이고
강변으로 기차가 지나가고
제 딸 여림이가
어린 양처럼
몸 비비며
그 품에 안겨 살고 있습니다.

별 하늘

겨우내 내리신 비로
강물은 검푸르게 불었습니다.
깊고 푸른 침묵을
2월이 문을 열었습니다.
차고 습한 바람 끝에
마침내 보입니다.
저기 어린 양
강물 위를 걸어오십니다.
별 하나 따라옵니다.
별 둘 따라옵니다.
별 셋 따라옵니다.
별 넷 따라옵니다.
별 다섯 따라옵니다.
(요한, 베드로, 안드레아, 필립보, 다니엘)
(여림, 쟌느, 마리클로드, 마르틴, 나미)
강물에서 하늘을 열고
별자리가 됩니다.
하늘과 사람 사이 오르내립니다.

어머니의 집
— 노트르담 대성당

지하철을 갈아타고
어머니가 계신 집을 찾아갑니다.
어머니는 넓은 품안으로 맞아 주십니다.
최후의 심판 문을 지나
장미꽃의 창으로
하늘을 열고 계십니다.
늘 거룩한 잔치를 베푸십니다.
사람들이 술을 마시고
서로를 축하합니다.
술이 떨어지기도 하지만
어머니는 무엇이든
그분이 시키는 대로 하라고 이르십니다.
그릇마다 가득가득 새 술을 채워 주십니다.
사랑의 장미향이 피어납니다.
어머니가 계신 집입니다

다윗의 거리

개선문이 보이고
햇살이 비늘처럼 쏟아집니다.
다윗이 칼을 들어
하늘을 가리키고 있습니다.
봄을 여는 바람이 불고
깃발이 펄럭입니다.
기름을 부어 왕이 된
다윗의 거리
창문마다 반짝입니다.
오늘은 제가 거리를 걷습니다.
이 나라에 왔습니다.

저녁 초대

감사합니다
당신이 베푸시는 이 만찬은
사랑의 피와 살이 넘치고 있습니다.
불러주시고
나누어주시는 음식
사랑의 피와
살이 넘치고 있습니다.
당신의 음식을 먹고
제가 새롭게 태어납니다.

궁전에서
— 베르사유

하늘 아래
힘센 사람의 집은
사방으로 길을 내고
나무들이 줄을 맞춰 푸르고
호수가 거울처럼
하늘을 안고 있습니다.
문을 열면 황금 침상
금실로 짜여진 휘장과
애욕의 무늬들이 수놓아진
주단 길을 따라
칼과 창의 노래
사람의 삶의 무늬입니다.
역사입니다.
육적인 것은 아무 쓸모가 없지만
영적인 것은
생명을 준다고 이르셨군요.
울긋불긋 삶의 무늬.
크고 호화롭게 굳어져 있습니다.

무엇을 땅바닥에 쓰셨나요
— 루브르 박물관

하늘도 여기서 그림자를 남깁니다.
무릇 사람의 삶이
돌로써 재현됩니다.
색깔로 살아 숨쉬듯 합니다.
애증(愛憎)의 색깔입니다.
역사의 형상(形象)입니다.
아프리카 대륙에서 왔습니다.
아시아에서 왔습니다.
그렇지요. 간음(姦淫)한 여자.
죄를 물으니
당신은 땅바닥에 무엇인가 쓰셨습니다.
죄 없는 사람이 먼저 돌로 쳐라
당신이 땅에다 쓰신 무엇이
바로 이런 거였습니다.
죄를 물을 수 없는
삶의 색깔이고 형상입니다

당신의 배를 타고
— 세느강 유람선

당신의 배를 타고
이 도시를 봅니다.
하늘을 찌르는
철탑 아래를 돌아
집들이 늘어선
거리를 따라갑니다.
창문마다 반짝입니다.
성(聖)과 속(俗)이 함께
얼룩지는 물 위로
말씀이 얼룩지는
풍경을 바라봅니다.
색(色)과 형(形)이
빛과 그림자로 어우러진
사람의 삶을
당신의 배를 타고 따라갑니다.
저기 어디쯤에 십자가에 매달려
신 포도주에 마른 입술을 적시고
숨을 거두시고

저기 어디쯤 무덤 속에서 나와
다시 말씀으로 살아 계시는
당신의 풍경을 따라갑니다.
당신의 봄은 이렇게 오는 것이겠죠.

로마행

밤을 달려갑니다.
파리에서 로마로 갑니다.
4인용 침대 열차
한 자리는 이라크인 차지입니다.
그는 행복에서 추방당했답니다.
패스포트가 없는 40대 남자였습니다.
서툰 영어로 미소를 나누다가
잠이 듭니다.
바오로 사도는
우리 모두가 죄인이라고 했지요.
덜컹이는 잠으로 달려갑니다.
새벽 3시,
국경을 넘자 이라크인은 잡혀가고
바오로 사도는 계속 편지를 씁니다.
뜨거운 피로써 사람을 죄에서 풀어주고
올바른 관계를 가질 수 있는
은총을 베풀어 주셨다고.

하늘 뿌리
— 베드로 성당

아침 햇살은 젖어 내리고 있습니다.
길은 하늘을 받아 안고
검푸른 침묵입니다.
당신이 계시는
창문마다 햇살이 반짝입니다.
벽은 젖어 붉습니다.
당신의 목소리
깊고 푸른 중심에서
은은히 들립니다.
샘물처럼 솟아오릅니다.
당신의 지팡이 소리입니까.
오시는 발자국 소립니까.
그 옛날 환전상(換錢商)을 쫓아내시고
바위마다에 말씀을 새겨
열두 기둥 세우시며
중심에 청동 지팡이를 꽂아
당신의 사랑의 피
샘물처럼 흐르고 있습니다.

당신이 사흘 안에 새로 세우신 것이
이토록 웅장하게
사람의 삶에 깊이 박혔습니다.

소나무의 언덕
—바오로 성당

소나무가 서있는 언덕을 올라갑니다.
나무마다 검붉은 몸을 뻗어
푸른 잎을 하늘로 올리고
하늘 물소리 들립니다.
하늘 아래
우뚝한 신념.
당신의 목이 떨어져
세 번 튀어 오르며
구른 자리
샘물이 솟아
오늘도 흐릅니다.
하늘에서 내려오는
바람소리
땅 밑에서 솟는 샘물소리
여기서 태어납니다.
햇살 아래
당신의 소나무는 짙푸릅니다.

고요의 중심
— 베네딕트 수도원

아침 하늘은 짙푸릅니다.
당신의 숲에 햇살이 내려 따스합니다.
하늘이 머물고 있습니다.
이렇게 조용히 받고 안고
우리는 당신의 품속을 걷고 있습니다.
고요의 중심에서
은은히 솟아오르는
하늘의 미소
어머니 품으로
얼굴을 들고
아기처럼 걸어갑니다.

허물어진 언덕
―로마의 도시

이천년 동안 이 언덕은
허물어져 내렸습니다.
부서진 기둥과
무너진 벽 사이로
길이 뚫리고
피어오르던 말발굽 소리
자욱하던 그 함성이
먼지로 가라앉아
호화로운 역사와
삶과 죽음의 애환(哀歡)이
하얗게 바래어
나뒹굴고 있습니다.

폐허의 뼈
— 콜로세움

사람과 짐승의 거친 숨소리
칼과 창이 부딪치는 소리
하늘을 찌르던 함성과
튀어오르던 피
환희와 고통이 층층이 가라앉은
이 땅에
하늘은 늘 머리 위에서
푸르렀습니다.
사람들은
하늘의 소리 듣지 못하였습니다.
다만 나무가 흔들리고
풀잎들이 뒤집히는
바람소리에 몸을 맡겼을 뿐입니다.
누구이셨나요?
하늘의 소리를 듣는 사람은
높고 푸른 하늘을 느껴 알고
날개
날아오는 것을 보고
하늘의 뜻을 알려준 당신
오늘도 내려다보고 있습니다.

소나무 아래

소나무 아래
한 가족이 살고 있네.
주신 말씀을 따라
조용히
사랑을 살아가네
로마 시내
한 아파트에서
그들을 만났네.

어머니의 딸
— 성녀 벨라데타

멀리 피레네 산맥은 하얀 눈을 덮고
늦잠을 자고
아래로 첩첩 이어지는
푸른 골짜기 아래
가난한 방앗간 집 딸
사랑의 문에는
가난의 고드름이
쇠창살이 되었습니다.
추위에 떨며
양치기로 자랐습니다.
첫 영성체를 간절히 바랐습니다.
거친 풀들과 나무들이 자라는 산언덕
돼지를 키우는 동굴 안에서
원죄 없이 잉태되신 어머니는
딸 앞에 나타나셨습니다.
딸은 어머니 발 아래서

우물을 찾았습니다.
가장 더러운 돼지 우리에서
솟아나는
생명의 샘물
마셨습니다.
어머니의 딸로 새롭게 태어났습니다.

사랑 샘물
― 야곱의 우물

오늘도 사람들은 모여 옵니다.
당신의 샘물을 마시기 위해
세계 곳곳에서 모여 옵니다.
눈먼 사람은 눈을 뜹니다.
귀먹은 사람은 듣게 됩니다.
가슴이 막힌 사람은 가슴이 뚫립니다.
문둥이도 낫습니다.
이 물을 마시면
영원히 목마르지 않습니다.

여자에게 물을 청했습니다.
어찌 비천한 여자에게
물을 청하느냐 물었습니다.
내게 물을 주면
나는 영원히 목마르지 않는
샘물을 주겠다고 하셨습니다.
어머니의 젖처럼
어머니의 딸의 정결한 믿음처럼
맑고 투명하게
오늘도 샘물이 철철 흐르고 있습니다.

사마리아 풍경
― 루르드에서

높은 언덕 위에 성벽을 쌓고
집을 짓고
깃발을 꽂았습니다.
모든 삶은 성(城)에서 나와
성전(聖殿)이 있는 광장을 지나
언덕을 타고 사람의 집들은
사방으로 이어집니다.
소녀의 집은 언덕의 중간
방앗간입니다.
산에서 내린 강물이
여기서 굽이쳐 흐릅니다.
강을 건너서 돼지 우리 동굴로 갑니다.
강물을 따라가다가
산으로 올라 양을 돌보기도 했습니다.
소녀도 사마리아 여자처럼 만났습니다.
높은 산에 올라도
광장으로 나가도
열리지 않는 삶에

하늘이 열렸습니다.
하늘의 햇살 아래
온 목숨 드리는 만남입니다.
하늘이 소녀를 찾아오셨습니다.

양식

— 루르드 성당 미사

종이 울리고
사람들이 모여옵니다.
어머니를 통해서 하늘이 열립니다.
지구촌 사람들이 모여와
고개 숙였습니다.
당신의 밭입니다.
이미 곡식은 다 익어서
추수하게 되었습니다.
거두는 사람은 이미 삯을 받았고
영원한 생명의 나라로
알곡을 모아 드립니다.
심은 사람과 거두는 사람이 함께
기뻐합니다.
수고하여 지은 곡식입니다.
당신이 거둬 주십시오.
낯선 언어로 말하지만
마음으로 알아듣고
경건히 고개 숙입니다.
푸른 하늘이 열리고
믿음으로 행복합니다.

그 연못
— 루르드 병원

굽이쳐 흐르는 강가에
큰 집을 짓고
병자를 맞이합니다.
천사처럼 그들을 돌봐 줍니다.
병든 사람은
어머니가 주시는 물로 병을 고칩니다.
그렇지요. 여기는 베짜타 못 가입니다.
그분이 일어나 네 것을 들고 가라 합니다.
다시는 죄를 짓지 말라 이르십니다.
사람들은 의료법을 어겼다고 합니다만
하늘이 활짝 열립니다.
하시는 일은 그대로입니다.
어둠에서 벗어나
빛의 나라로 들어섭니다.
푸른 나무
푸른 강물
높고 푸른 하늘
어머니를 만나고 또 만납니다.

천사의 집
— 루르드의 수녀원

흰눈을 쓴 산이 마주보입니다.
아래로 어머니의 성전으로 이어지는
푸른 강이 흐르고
광장이 내려다보이는
언덕 위의 3층 집
천사들의 집입니다.
날이 저물자
하늘에서 달이 뜨고
별들이 총총 박혔습니다.
광장엔 촛불을 든 사람들
당신을 노래부릅니다.
말씀하셨죠.
사랑이 있으면 믿고
알게 된다고
오늘도 증언합니다.
하늘엔 달과 별
땅엔 촛불들
샘물이 솟고 강물이 흐르는
언덕 위 천사의 집에서
꿈 같은 일박입니다.

성찬(盛饌)
— 예수 성심 수녀원에서

초대받았습니다.
모국에서 온 두 분이
성전 맞은편 산에 자리 잡고
당신의 빵을
같이 나누자고 합니다.
모국의 음식을 받아먹습니다.
그렇습니다.
티베리아 호수 건너편에서
한 소년의 보리빵 다섯 개와
두 마리 생선으로
당신은 오천 명을 배불리 먹이셨습니다.
오늘은 그렇게 음식을 나누고 있습니다.
하늘에서 햇살이 쏟아져 내리고
잘 썩은 퇴비로 채소를 키우시고
매화나무가 새잎을 막 터뜨리고 있었습니다.
말씀대로 우리에게
영원히 썩지 않을 양식입니다.

작은 돌 한 개
—성녀의 언덕

파란 풀밭 언덕입니다
어린 양들이 풀밭에 풀을 뜯고
햇살 환하게 내립니다.
하늘의 어린 양
양들이 풀을 뜯듯
소녀도 푸른 빵을 먹습니다.
하늘에서 내리는 푸른 빵
주시는 살입니다.
주시는 피입니다.
풀밭 언덕을 오릅니다.
소녀의 발길 따라
당신의 품을 오릅니다.
작은 돌 하나 만났습니다.
작은 돌 하나 넣고 왔습니다.
돌에서도
어머니가 당신의 양들을
안아주고 있습니다.

물 위를 걷듯
— 파리로 돌아오는 길

뵈옵고 돌아갑니다.
하늘은
새봄을 열어주시어
밖의 풍경들은
연초록 생명을 품고
모두 제자리에 앉아 있습니다.
당신이 오시기 전
로마인들의 이야기를 듣습니다.
먼지같이 삶과 죽음이 쌓인 땅으로
당신은 물 위를 걷듯 걸어 오셨습니다.
거센 바람이 불고
사나워진 물결 위에다
큰 배를 만들었습니다.
당신의 배를 탄 것처럼
가고 있습니다.
감사드립니다.
우리는 테제베 일등칸의 좌석입니다.
기다리는 땅을 가고 있습니다.

3. 수도원 길

수도원 길
— 르베르에서

나무들이 팔을 쳐들고 서있습니다.
언덕마다 푸른 하늘이 내려와서
환하게 웃습니다.
당신의 포도밭을 지나갑니다.
당신의 양떼를 지나갑니다.
당신의 숲을 지나갑니다.
어머니가 머무시고
수녀님들이 사시는 집입니다.
아들이 넘어지자
아버지가 일으켜 세우시는 것을
보았습니다.
사랑의 빛입니다.
빛을 따라 걸어갑니다.
어둠 속을 걷지 않고
빛을 살아가는
딸들이 모여 사는 집입니다.

성녀의 숲

— 르베르 수녀원

고요한 당신의 정원입니다.
적막으로 뿌리내린 나무들
가지마다 새봄이 눈을 뜨고 있습니다.
앉아있거나 서있거나 모두
파란 말씀입니다.
당신의 말씀을 알아듣고
양떼들 모여왔습니다.
고요의 깊이에
햇살이 내려
말씀을 꺼내어
나눠 주고 계십니다.
피어나는 파란 잎새
붉은 장미
향기 따라 모여온 꿀벌
하얀 날개를 가진 나비
어머니의 딸이
다시 보라고 진리를
다시 보라고 이르십니다.
진리가 너희를 자유롭게 한다고
적막의 깊이에서
말씀을 전해 주십니다.

천년의 잠
― 성녀 벨레덱다

여기서 그분은
천년의 고요로 안고
꿈꾸듯
누워 계십니다.
하늘 문을 여는
열쇠를 가슴에 안고
눈을 감고도 만나고 계십니다.
어머니를 통해
파랗게 열리는 그윽한 하늘
걸어오시는 빛의
몸을 만나고 계십니다.
비록 사각의 유리관 안에
조용히 누워 계시지만
실로암 연못 물에 눈을 씻고
천년의 깊은 어둠을 뚫고
환한 빛의 세상을
보여 주시고 계십니다.
우리의 눈을 씻어 주어
우리에게 보여주고 계십니다.
이천년의 깊은 잠을 뚫고
빛으로 오신 분을 만나고 계십니다.

착한 목자
— 르베르 수녀원 설립자

금관 모자를 쓰고
어깨에 금실을 달고
푸른 망토를 걸치고
매일 향기로운 포도주를 마시던
어느 날
벌판에서 배고파 우는
양떼들을 만났습니다.
신음소리 가득히 피어나
하늘까지 이르는 것을 알고
양들이 드나드는
문이 되었습니다.
양들을 위하여 목숨을 바치는
목숨을 바치기에
다시 목숨을 얻는
착한 목자가 되었습니다.
모두를 버리고
다락방에 올라와
하늘이 열리는

작은 쪽문을 통해
넘어지신 아들을 일으켜 세우는
그분을 보았습니다.
그분의 크신 사랑을 몸으로
실천하는 집을 지었습니다.

성녀를 위한 미사

종이 울리고
밤이 왔습니다.
당신 앞에 촛불을 들고
모여 앉아
하늘을 우러릅니다.
그렇습니다.
죽어서도 다시 살고
살아서 영원히 죽지 않는
하늘의 약속을 믿습니다.
당신의 발에 향유를 붓고
머리털로 발을 닦아 드리던 딸들이
향유 냄새 가득한
이 집에 모여
죽음에서 라자로를 살리시듯
다시 오시는 당신을
당신을 통해서 오는
새 생명을 노래합니다.
이 밤에 저는
마리아를 만나고
마르타를 만났습니다.

축일 만찬

당신이 오신 날입니다.
빛의 딸이 되어
여기로 오셨습니다.
당신의 딸들이 음식을 장만하고
손님들을 초대했습니다.
많은 나라에서 찾아왔습니다.
모두 자기 나라 말로 인사를 합니다.
포도주로 건배를 합니다.
그분이 그리했듯이
당신은 식탁마다 돌며
차례로 발을 닦아 주십니다.
늘 땅을 딛는 몸이니
나가서 세상의
발을 닦아 주라고 이르십니다.
당신의 딸들이
세상의 발이 되었습니다.

물 성모 상(像)

넓고 푸른 정원 한 모퉁이를
당신이 지키고 계십니다.
작고 겸손하게
푸른 담장이 숲을 거느리고
세상과의 경계를 이루고 계십니다.
당신을 찾으면
늘 두 손을 벌려 환영합니다.
당신께 무릎 꿇고
말씀드리면
웃는 얼굴로 받아주십니다.
걱정하지 마라
하느님을 믿고
또 나를 믿으라.
당신은 그분의 말씀처럼
조용히 평화를 주시고 계십니다.
무엇이든지
청하면 들어주신다고 하신
말씀을 전해 주십니다.

당신의 방

장미를 꽂아 놓으시고
말씀을 놓아 주셨습니다.
알겠습니다.
하늘 아래 참포도나무
튼튼한 가지들을.
말씀의 열매
풍성합니다.
당신의 발자국을 따라 걸으며
기쁨을 나누고 있습니다.
감사합니다.
택하여 주셨습니다.
썩지 않을
열매를 주셨습니다.

당신의 방

생일 파티
— 안젤라 생일

오늘은 안젤라 생일입니다.
당신의 바다에서 건져 올린
음식을 맛있게 배불리 먹습니다.
당신이 계시기에
우리들이 나누는 사랑은
축복입니다.
케이크를 굽고
나이대로 촛불을 밝히고
축가를 부릅니다.
생명을 새롭게 밝히십니다.
당신이 주신 빵을 나누고
포도주를 나눠 마십니다.
우리는 당신이 주신
생명의 열매입니다.
행복합니다.

당신의 언덕
— 몽마르트의 언덕

당신의 언덕을 올라갑니다.
십자가 지고 오르시어
아버지를 만나셨죠.
당신이 오르는 길에서
사람의 죄와 환락이
양쪽으로 늘어서 있지요.
욕망(慾望)이 얼룩지고
환락(歡樂)의 그림자 짙은
고통(苦痛)의 누더기를
지나시었죠.
십자가에 매달라고
아우성치던 사람들
던지던 돌멩이를 지나서
이 언덕을 오르셨죠.
오르다가 넘어지기도 하고
물을 얻어 마시기도 했죠.
그리고 어머니를 만나셨죠.
드디어 양쪽에 죄인들 가운데서

십자가에 매달려 피 흘리시며
숨을 거둔 그 자리에
오늘은
이렇게 성전(聖殿)이 서있고
수녀님들이 천사들처럼
당신을 노래하고 있습니다.

당신의 석양

당신의 산에 올라
바라보니
도시의 저편으로
당신의 하늘은 붉게 물들어 있습니다.
사랑으로
사람의 죄를 씻는
당신의 피가 하늘로 번져
붉게 타오르는
오늘의 석양입니다.
무덤에서 일어나서
여자에게 나타나 말씀하시고
상처받은 몸을 보여 주시고
보고야 믿는 사람을 위해
직접 확인하라 이르시고
붉은 석양으로
이 도시에 잠시 머무시다
하늘이 되는
당신을 이렇게 뵈었습니다.

잠시 만남

낯선 땅에
낯선 언어로 사는 사람들 속에서
그리움의 피를
고통으로 가리고
시를 쓰는
손월언 시인을 만났습니다.
이 도시에 울창한 숲을 보고
낙엽으로 떨어지는
당신의 말씀을 그리는
변연미 화가를 만났습니다.
모국어로 타오르는
애증(愛憎)의 그리움을 씹으며
커피를 마시고
홍차를 같이 마셨습니다.
감사합니다.
이 도시에 쌓는
우리들의 탑입니다.

성령이 내리는 집

부활을 기다리는 아침 나절입니다.
환한 햇살을 내려주시어
나무들이 햇살을 받아먹고
땅이 깨어나기 시작합니다.
당신의 딸들이
천사처럼 모여 기도하고
당신의 부활을 준비합니다.
백오십 년 전 지은 고택(古宅)이
성령이 내리시는
당신의 집으로 바뀌었습니다.
당신의 목소리를 알아듣고 모여
당신의 계획에 따라
부르심을 받고 모였습니다.
노랫소리
파랗게 피어나고
웃음소리
밝게 햇살로 내리는
이 집에 모여 살고 있습니다.

사랑의 시, 평화의 시

김 재 홍
(문학평론가, 경희대 교수)

오늘날 이 기계문명의 시대에 있어 시를 쓰는 일이란 과연 무슨 의미를 지니는가 가끔 생각해 볼 때가 있다. 산업화시대를 거쳐 정보화시대로 깊숙이 진전돼 가고 있는 이 첨단 문명시대, 물질만능시대, 불연속성의 시대에 시를 쓴다는 일은 어쩌면 부질없는 일로 비춰질 수도 있기 때문이다.

사실 오늘의 삶에서 자본주의적 사고방식 또는 경제마인드는 세상을 지배하는 가장 중요한 법칙이자 매개고리에 해당한다. 무엇보다도 이 험난한 시대에 땅에 발 붙이고 사는 일, 인간다운 삶을 영위하기 위해서는 자본이 필수적인 수단이 아닐 수 없다는 뜻이다. 그 결과 인간의 삶은 점차로 목적가치가 아닌 수단가치로, 인격가치가 아닌 물질가치로 계량되고 재단되는 양상을 보이는 것이 사실이다. 따라서 나날이, 현대적 삶이란 인간소외 현상을 심화시키고 인간상실로 치달아가는 모습이 아닐 수 없다.

바로 여기에서 오늘날 시를 쓰는 일의 의미가 드러난다. 하이데거가 말했던가? 시를 쓰는 일이란 인간의 영위 중에서 가장 죄 없는 일이고 순수한 일이라고……. 어찌 보면 현실적인 이익이나 보상이 별반 없는 일이기에 부질없어 보이는 이 시 쓰는 일이 정작은 인간성을 회복하고 인간의 진실을 발견해 나아감으로써 인간의 존엄성과 위의를 지킬 수 있는 소중한 열쇠가 될 수 있다는 점에서 의미를 지닌다.

이에 이 풍진 세상을 지난 몇 십년간 동행하여 오면서도 인정과 신의를 변치 않고 꿋꿋하게 시인의 외길을 걸어가고 있는 한광구 시인의 회갑을 축하하는 뜻에서 간략히 그의 시세계를 살펴보기로 한다.

1. 사랑의 시, 평화의 시

한광구의 시집 『산마을』이 근원적으로 지향하는 세계는 사랑과 평화의 시라고 할 수 있다. 그의 시에는 생

명의 원동력으로서 사랑과 그것을 누릴 수 있는 바탕으
로서 평화에 대한 갈망이 지속적으로 관류하고 있기 때
문이다.

> 산마을 집으로 보금자리를 옮기기로 했다
> 작은 집에서 옹기종기 놓였던
> 먼지를 털어내고
> 가볍게
> 하늘 아래
> 나무들이 사는 이곳으로
> 새처럼 날아왔다.
> 저만치 앞서 가시는 어머니를 따라
> 홀가분한 마음으로
> 우리 가족 모두
> 햇살이 가득히 내리는
> 산마을 집으로 와서
> 새 보금자리를 틀기로 했다
>
> ―「산마을의 집」

이 시가 말하고자 하는 것은 무엇이겠는가? 한마디로
그것을 사랑과 평화라고 불러볼 수는 없겠는가. '산마을
집' 이라는 제목부터가 산마을과 집이 표상하듯이 사랑

과 평화의 메시지를 담고 있는 것으로 이해되기 때문이
다. '집'과 '가족', '어머니', '햇살', '새', '보금자리'가
어울려 빚어내는 사랑과 평화에 대한 갈망과 염원이 고
요하게 물결치고 있다는 뜻이다. 실상 시집의 제목 자체
가 『산마을』이고 보면 시인이 지향하고 동경하는 세계가
어떠한 것인가를 쉽게 짐작할 수 있게 됨은 물론이다.

> 하늘로 가는 길
> 생애의 오후
> 문득 몸이 허물어져
> 여기
> 살라 하시니
> 하늘의 입김
> 풀잎처럼 부드럽고
> 햇살처럼 따스하고
> 풀잎처럼 향기롭다네
>
> ─「입김」

　　이 시가 지향하고 갈망하는 것도 바로 이러한 사랑과
평화의 정신이 아니겠는가. '하늘로 가는 길', '하늘의
입김'이 상징하는 것도 그러하려니와 "풀잎처럼 부드럽
고/햇살처럼 따스하고/풀잎처럼 향기롭다네"라는 구절

들이 포괄하는 것도 바로 이러한 사랑의 시학, 평화의
시학이라고 요약해 볼 수 있는 것이다.
　　그만큼 이 시집에는 사랑에 대한 탐구와 평화에 대한
갈망이 금결은결로 반짝이고 있음을 볼 수 있다.
　　따라서 시집에는 사랑에 대한 다양한 관심과 해석이
제시되고 있는 것이 특징이다. 먼저 그것은 사랑에 대
한 안타까운 갈망과 염원으로 구체화된다.

　　　　이 몸은 늘 당신을 향해
　　　　폭발하고 싶은 화산이었소
　　　　먼먼 원시림의 아우성과
　　　　우우 밀려오는 짐승들의 발소리에
　　　　귀먹고 눈멀어
　　　　검은 침묵으로
　　　　층층이 함몰되는 사랑이었소
　　　　검게 굳어진 생애
　　　　밑바닥에 가라앉은 낱말들
　　　　까맣게 쌓여
　　　　석탄이 되었소
　　　　그러나 이 몸도
　　　　당신을 위해 빨갛게 타오르는
　　　　당신의 딸기가 되고 싶소

　　　연옥일지라도
　　　빨갛게 타오르고 싶소

―「석탄」

　　'석탄'의 비유를 통해 사랑이 생명을 가능케 하고 삶을 이끌어 가는 원동력으로 작용하고 있음을 제시한다. 사랑이란 무엇이던가? 그것을 어원적인 면에서 보면 죽음에 대한 항거이자 살아있음을 온몸으로 증거하는 일이라고 하지 않던가. 석탄은 불이 되어 온몸을 태움으로써 무언가를 변화시키고 세상을 따뜻하게 살아나게 하는 힘으로서 작용한다. 질료적인 면에서 생명이란 마치 석탄과 같은 상징성을 지니는 것으로서 그것이 타오를 때, 다시 말해 사랑으로 점화되어서 살아 움직일 때 비로소 그 존재 의미와 가치가 발휘 될 수 있는 것이라는 뜻이다.

　　따라서 "이 몸은 늘 당신을 향해/폭발하고 싶은 화산이었소/…중략…/그러나 이 몸도/당신을 위해 빨갛게 타오르는/당신의 딸기가 되고 싶소/연옥일지라도/빨갛게 타오르고 싶소"라는 구절처럼 사랑으로 타오르는 생명력을 염원하고 갈망한다. 실상 그렇지 아니한가? 사랑이란 생명을 탄생케 하는 근원이면서, 생명을 자라게 하고 완성할 수 있게 하는 근본 동력이 아닌가 하는 말이다. 그만큼 사랑은 생명과 삶에 있어 필수불가결의 재원이고 원동력이기에 살아있는 한 생명이 사랑을 갈망하고 염원하는 일은 당연한 이치에 속한다. 시 쓰는 일도 사실은 이러한 생명의 근원이자 원동력으로서 사랑을 갈망하고 실천하려는 노력의 표출이 아닐 수 없다.

사랑은 소금인 거야
너무 쏟으면
짜고 쓰다네
알맞게 붓고
알맞게 녹아야 간이 맞지
간이 맞아야 맛이 생기고
서로 나눌 정이 생기고
한 세상 같이 살맛이 나지
살맛이 나야 뜻이 생기고
뜻이 맞아야
서로 한 길을 갈게 아닌가
이보시게,
사랑은 서로 변하는 거야
보기 좋게 어우러져
푸른 말씀을 가꾸고
말씀으로 열매를 맺는 거야

오늘부터 소금이 되시게

풀어지며 완전히 녹으시게

—「소금을 뿌리며」

　　이 점에서 인생에 있어 사랑은 세상사에서 소금과 같은 역할과 의미를 지니는 것으로 받아들여진다. 소금이 세상사에 있어 온갖 조절작용을 하는 것과 마찬가지로 사랑도 인생을 살아나게 하고 유지시켜 주며 이끌어가게 하는 원천으로 작용한다. 온갖 인생사에 조절작용을 하는 것과 함께 삶의 의미를 발견하고 가치를 확인할 수 있게 해주는 추동력이자 견인력의 상징으로서 작용한다는 뜻이다. "알맞게 녹아야 간이 맞지/간이 맞아야 맛이 생기고/서로 나눌 정이 생기고/한 세상 같이 살맛이 나지/살맛이 나야 뜻이 생기고/뜻이 맞아야/서로 한 길을 갈게 아닌가"라는 구절에서 보듯이 사랑은 인생사에 있어 빛과 소금의 역할을 하는 것이다. 그것은 현실적인 추동력이면서 동시에 인간사회를 지탱시켜주는 원천적인 힘이고 미래의 희망으로 작용하기 때문이다. "사랑은 서로 변하는 거야/보기 좋게 어우러져/푸른 말씀을 가꾸고/말씀으로 열매를 맺는 거야"라는 구절 속에는 이러한 사랑의 상대성 원리와 의미가 잘 드러나 있다고 하겠다.

이 점에서 시 「사랑경(經)」에는 사랑이 인생에 있어 하나의 경전으로서 의미와 가치를 지닌다는 점을 강조한 것으로 이해된다.

사랑은 두려워요.

(두려울 것이 없는데 두려워하고)

사랑하면 서로 하나가 되는 것이지요.

(두려움이 있는데 두려워하지 않는)

한 몸은 서로가 서로를 소유하는 것이고요.

(그릇된 소견을 가진 자들은)

우리는 서로를 완전히 갖고 싶어요.

(악한 곳으로 떨어진다.)

우리는 완전한 사랑을 꿈꿔요.

(죄가 없는데 있다고 생각하고)

나는 당신을 위해 살고 당신은 나를 위해 사는

(죄가 있는데 없다고 생각하는)

하지만 우리는 서로 완전한 자유를 원하지요.

(그릇된 소견을 가진 자들은)

자유는 질투의 불꽃이에요.

(악한 곳으로 떨어진다.)

질투는 상처가 남고

(죄가 있으니 있는 줄 알고)

하지만 당신을 죽도록 사랑해요.

(죄가 없으니 없는 줄 아는)

우린 서로 상처를 핥아가며

(바른 생각을 가진 사람들은)

멍을 녹이는 게 사랑이지요.

(착한 곳에 이르리라.)

— 「사랑경(經)」

　　말하자면 사랑은 인생의 근원적 의미이자 보람이고 가치이면서 동시에 구원의 힘이 된다는 뜻이다. 사랑을 '經'으로 이끌어 올리는 것은 바로 인간적 차원의 사랑을 종교적 구원의 의미로 고양시키고 싶다는 갈망과 염원을 반영한 것이 아닐 수 없다. 사랑은 소유이면서 해방이고 구속이면서 자유의 양면성을 지니기에 그것은 삶의 근본 속성을 반영한다. 동시에 사랑은 고독이고 절망이기에 위안이고 구원일 수 있다. 말하자면 사랑은 현실과 이상, 육체와 정신, 운명과 자유로서 온갖 삶의 원리와 생명의 법칙을 내포하고 있는 존재의 총체성에 해당한다는 뜻이다.

　　이 점에서 한 시인에게 있어 사랑은 시의 출발점이고 과정이면서 동시에 목표점으로서 의미를 지닌다. 아울러 사랑은 평화로운 삶의 기초가 되면서 동시에 평화를 실천할 수 있는 근원적인 동력으로서 작용한다. 그러기에 사랑과 평화의 유기적 관계와 상호작용에서 그의 시는 배태되고 전개되며 어울러 완성을 지향하게 된다. 이 점에서 우리는 그의 시를 사랑의 시, 평화의 시라고 불러 볼 수 있으리라.

2. 외로움과 허무 또는 존재 탐구의 시

시집 『산마을』이 추구하고 있는 또 다른 세계는 존재의 근원에 대한 탐구, 즉 삶과 세계에 대한 존재론적 성찰이라고 하겠다.

> 철새 떼가 몰려왔다가
> 몰려가고
> 바다가 평야로 바뀌고
> 짠물이 민물로 바뀐
> 세상살이
> 정의의 기준도 그렇게 바뀌고
> 별과 그림자 어우러져
> 일렁이며 엮어가는
> 역사 한켠에
> 섬인 듯 육지인 듯
> 자리잡고

하늘을 지나는

달을 바라보다가

눈물 글썽이는

외로운 집

한

채.

—「간월도」

이 시는 서해 바닷가의 섬 '간월도'를 모티브로 하여
세상사의 무상함과 함께 존재의 근원적 형식으로서 외
로움을 탐구하고 있어 관심을 환기한다.

이 시가 표면적으로 형상하고 있는 것은 서해안의 섬
간월도이다. 그러나 그 섬의 존재방식에서 시인은 "바
다가 평야로 바뀌고/짠물이 민물로 바뀐/세상살이"의
이치를 읽어내기도 하고, "정의의 기준도 그렇게 바뀌
고/빛과 그림자 어우러져/일렁이며 엮어가는/역사"의
순환법칙을 탐구하기도 한다. 말하자면 변전하는 세상
사, 유전하는 인간사를 사물의 근원적인 존재양식으로
파악하고 있다는 뜻이다. 무엇보다도 이 시는 "하늘을
지나는/달을 바라보다가/눈물 글썽이는/외로운 집/한/
채"로서 간월도, 즉 섬을 묘사함으로써 외로움을 인간
존재의 한 근원적 형식으로 파악한다. 이처럼 자연에

대한 존재론적 탐구가 시인의 초기시에서 보이던 자연
서정 또는 감각적 이미지의 조형성으로부터 진전하여
내면적인 성숙 또는 정신적 심화의 모습을 읽을 수 있
게 해준다는 점에서 근자 시인정신의 넓이와 깊이를 짐
작해 볼 수 있음은 물론이다.

　　이러한 존재론적 서정의 탐구는 그의 시에 조금만 관
심을 기울이면 쉽게 찾아볼 수 있는 중요한 형질이 된다.

　　① 바람불어

　　　온몸 나풀거리는

　　　몸짓

　　　떠돌다 가버리는

　　　목숨

　　　누가 무겁고

　　　누가 가볍다고

　　　구분하겠느냐

　　　하늘 아래선

　　　우리 모두

　　　저울에 앉은 먼지 같은 걸

　　　　　　　　　　　　　　　　　—「먼지」

　　② 하늘의 입김 받고

땅의 열기로 피어나

새도록 몸부림치며

헤매다가

겨우 만나 자리잡았구나

한 방울

두 방울

투명한 일생

맺혔다가

떨어지는

순간이

영원이구나

—「이슬」

　먼저 시 ①은 '먼지'의 모습을 통해 인간 존재의 근원적 형식에 대한 성찰을 보여준다. 생각해 보면 그렇지 않은가? 모든 존재들이란, 인간의 모습이란 "바람불어/온몸 나풀거리는/몸짓/떠돌다 가버리는/목숨"의 형상이라고 할 수 있지 않겠는가. 그런 점에서 만물은 서로 평등하며 또한 평등할 수밖에 없는 것이다. "누가 무겁고/누가 가볍다고/구분하겠느냐"라는 구절 속에는 이러한 만물 평등사상 또는 인간 평등사상이 날카롭고 섬세하게 표출돼 있는 것으로 이해되기 때문이다. 이

점에서 "하늘 아래선/우리 모두/저울에 앉은 먼지 같은
걸"이라는 결구 속에는 허무의 존재, 평등의 존재로서
의 존재의 근원적 형식이 담겨 있음이 분명하다.

시 ②는 '이슬'의 모습을 통해 삶의 어려움과 함께
생의 허무함을 노래한다. "하늘의 입김 받고/땅의 열기
로 피어나/새도록 몸부림치며/헤매다가/겨우 만나 자
리잡았구나"라는 구절 속에는 존재의 어려움 또는 삶의
고단함이 투영돼 있는 것으로 여겨지기 때문이다. 무엇
보다도 "한 방울/두 방울/투명한 일생/맺혔다가/떨어지
는/순간이/영원이구나"라는 구절 속에는 순간 속에서
영원을 살아가는 존재로서 인간운명에 대한 근원적 성
찰이 담겨있는 것으로 이해된다. 이처럼 이슬 한 방울
에서 순간 속에서 영원을 살아가는 존재의 모습, 인간
의 현상학적 존재성에 대한 투시와 성찰을 보여주고 있
는 것은 주목에 값하는 일이 아닐 수 없다. 그것은 시가
불운한 운명의 표정성을 전광석화처럼 읽어내서 인상
적으로 표현해내는 본성을 지닌다는 점에서 그러하다.
시인 또한 순간 속에서 영원을 읽어내고 현생 속에서
본질을 읽어내는 날카롭고 섬세한 지성이란 점에서 의
미 있는 일로 여겨지기 때문이다.

사실 한 시인의 시가 근원적인 면에서 사랑의 시, 평
화지향의 시라는 점도 결국은 인간존재의 운명적 형식

이 고독과 허무라는 사실에서 비롯되며 그러한 것들을
극복하고 초월하려는 안간힘이라는 점을 시사한다고
하겠다.

　이처럼 시집 『산마을』이 인간과 자연의 근원적 형식
에 대한 존재론적 성찰을 담고 있다는 점에서 내면성과
철학성을 내포하고 있음을 확인할 수 있게 된다.

3. 가벼움 지향성 또는 자유에의 길

　시집에서 드러나는 또 다른 특징은 육신의 무거움 또
는 현실을 살아가는 힘겨움을 노래하면서도 그로부터
벗어나려는 안간힘이 지속적으로 표출된다는 점이다.

　　반쯤 허물어지고
　　철골 드러났네
　　햇살 침침하고
　　먼지 두텁게 쌓였네
　　바람 불 때마다
　　몸부림치듯
　　흩날리는 먼지
　　비명을 지르는
　　검은 그림자
　　검은 힘줄

고통도
이렇게 춤이 될 수 있는가
몸을 벗어놓고
하늘로 간 사람이여

―「어떤 벽화」

이 시는 「어떤 벽화」라는 제목부터가 암시적이다. 마치 어떤 고분의 벽화를 모티브로 하여 시를 쓴 것처럼 돼 있기 때문이다. "햇살 침침하고/먼지 두텁게 쌓였네/바람 불 때마다/몸부림치듯/흩날리는 먼지/비명을 지르는/검은 그림자"라는 구절들이 시사하는 바가 고분 안의 수천 년 해묵은 풍정이며, 그 벽에 그려진 그림들의 형상을 유추해 볼 수 있다는 점에서 그러하다. 말하자면 지상의 어두운 삶과 무거운 육신의 질곡을 표상한 것으로 이해할 수도 있으리라.

그런데 중요한 것은 "고통도/이렇게 춤이 될 수 있는가/몸을 벗어놓고/하늘로 간 사람이여"라는 결구가 내포한 상징성에 놓여진다. 춤이란 어떤 상징성을 지니던가? 한마디로 그것을 가벼움 또는 자유지향성의 표상이라고 할 수 없겠는가? 춤이란 몸의 가벼운 율동으로서 바람의 속성을 내포함으로써 자유를 향한 몸부림으로서의 상징성을 지닌다. 춤은 몸무게가 가벼워지려는 움직

157

임으로서 육신의 무게, 운명의 질곡으로부터 벗어나 자
유로워지려는 안간힘을 표상하는 것으로 해석되기 때문
이다. 이러한 춤의 상징성은 "몸을 벗어놓고/하늘로 간
사람이여"라는 결구에서 그 주제를 선명히 드러낸다. 그
것은 지상에서의 온갖 고통스런 삶, 운명과 육신의 굴레
에 갇혀 신음하는 삶으로부터 벗어나 해방과 자유로서
하늘의 삶, 천상의 질서로의 상승을 의미한다.

다시 말해서 이 시는 대지적 존재로서 인간이 겪어야
만 하는 온갖 지상의 굴레로부터 벗어나 하늘의 척도로
서 정신적 삶, 자유의 정신으로 살아가고 싶다는 갈망
과 염원을 벽화 속 그림의 형상으로 이끌어 올린 것으
로 해석할 수 있다는 뜻이다. 육신의 무게, 온갖 운명의
구속으로부터 벗어나 좀더 자유로운 정신의 삶, 영혼의
삶을 살아가고 싶다는 자유지향성이 투영된 해방의 시,
자유의 시라고 할 수 있는 것이다. 육신의 무게를 거슬
러 올라감으로써 정신적 삶, 자유의 정신을 맛볼 수 있
고 그것이 참삶의 모습이라고 하는 벨그송(H. Bergson)
의 철학에 한 뿌리를 내리고 있는 모습이라고 하겠다.

이러한 가벼움 지향성 또는 자유에의 갈망과 지향성
은 다음 시에서 보다 구체적으로 제시되어 관심을 환기
한다.

이제는 옷을 바꾸어 입어도 좋으리
원색을 버리고
잿빛으로
삶이란 이렇게 색이 바래야
하늘에서 오는
바람소리를 알게 되리
바람이 전해주는
멀고 먼 산 너머를
몸으로 알리.

이제 가벼운 옷이 좋으리
햇살과 바람이 드나들기 쉬운 만큼
헐거워지는 세상
가볍게 먹고
가볍게 누는
머리 위에
푸른 하늘
냄새를 말리며
정수리로 내리는
햇살을 받아
감사로 살리.

—「잿빛 옷」

그렇다! 이 시가 염원하고 갈망하는 것은 가벼움 지
향성이다. "이제 가벼운 옷이 좋으리/햇살과 바람이 드
나들기 쉬운 만큼/헐거워지는 세상/가볍게 먹고/가볍
게 누는/머리 위에/푸른 하늘"이라는 구절이 그것이다.
현실과 육신이 강요하는 온갖 인간조건과 운명적 구속
으로부터 벗어나고, 또한 욕망의 감옥 내면의 질곡으로
부터도 해방되어 참된 정신의 자유를 누리고 싶다는 소
망을 제시하고 있다는 뜻이다. 대지적 삶의 양식에서
기인하는 온갖 구속과 욕망으로부터 벗어나서 천상의
삶, 하늘의 척도가 표상하는 갈망이 "푸른 하늘/냄새를
말리며/정수리로 내리는/햇살을 받아/감사로 살리"라
는 결구 속에 요약적으로 제시된 것이다.
　　실상 「산마을」이나 「산마을의 집」, 「고요 그리기」 등
의 시편들에 지속적으로 드러나는 것도 이러한 평안의
삶, 고요의 삶으로서 비움과 가벼움의 추구, 즉 자유지
향성의 반영으로 해석할 수 있음은 물론이다.

4. 기독교적 세계관의 의미

　　한광구의 이번 시집에 가장 두드러지게 깔려있는 것
은 기독교적 세계관이라 할 수 있다. 그만큼 그의 신작
시집에는 기독교 정신과 신앙심이 그 바탕에 흐르고 있
다는 뜻이 되겠다.

당신은 나를 다듬는
정(釘)과 망치였네
매일마다
당신의 뾰죽한 정을 맞고
찡한 아픔
신경의 마디마디
깊이 스미더니
어느 새 그 아픔도
겹겹이 주름지며
검푸른 심줄이 되었네
검붉은 생애를
모나고 각진 부분
이리저리 다듬고 갈아
이런 모양으로
부드럽고 곱게
당신 사랑을 숨쉬는
돌이 되었네

—「어떤 조각」

　시집에는 신앙시들을 따로 묶은 연작시편들이 집중
적으로 제시돼 있다. 그것들은 「베드로 성당」, 「바오로
성당」, 「베네딕트 수도원」, 「예수 성심 수녀원」 등 천주

교회와 수녀원, 그리고 「요한의 가을」, 「성녀 벨라데타」, 「야곱의 우물」 및 「성녀 축일」, 「성녀를 위한 미사」, 「성녀의 숲」, 「수도원 가는 길」, 「천사의 집」, 「성녀의 언덕」 등 가톨릭의 신성사와 관련된 시편들이 주류를 이룬다.

따라서 그의 신앙시들은 기본적인 면에서 섭리사관, 은총사관, 구속사관, 부활사관, 영생사관이라고 하는 기독교적 세계관으로 집중돼 있는 것이 특징이다. 이 중에서도 특히 섭리사관과 부활사관은 핵심을 이루는 것으로 해석된다.

인용시에는 섭리사관이 제시돼 있다. "당신은 나를 다듬는/정(釘)과 망치였네/매일마다/당신의 뾰죽한 정을 맞고/찡한 아픔/신경의 마디마디/깊이 스미더니/…중략…/모나고 각진 부분/이리저리 다듬고 갈아/이런 모양으로/부드럽고 곱게/당신 사랑을 숨쉬는/돌이 되었네"라는 예에서 보듯이 '나'의 목숨과 생애는 조물주, 즉 神의 섭리에 따라 운행되는 이치를 바탕으로 전개된다. 나의 삶, 나아가서 인류의 삶에는 언제나 신의 섭리와 목적이 존재한다는, 다시 말해서 우주와 역사 형성의 주재자를 유일신으로 보는 기독교의 섭리사관이 펼쳐지고 있는 것이다.

그러기에 시집에는 은총의 사관이 드러난다.

감사합니다
당신이 베푸시는 이 만찬은
사랑의 피와 살이 넘치고 있습니다
불러주시고
나누어 주시는 음식
사랑의 피와
살이 넘치고 있습니다.
당신의 음식을 먹고
제가 새롭게 태어납니다.
―「저녁 초대」

내가 병들어 신음할 때 한 모금의 따스한 물을 주던 그대가 내 사랑, 이보시게, 내가 진리를 위해 핍박받으며 마침내 감옥에 갔을 때 나를 찾아 준 사람아, 그대가 내 사랑, 알겠네, 알겠네, 세상에서 가장 비천한 사랑에게 베풀어 준 그대의 사랑이 은총(恩寵)이었던 것을. 그 은총으로 사람의 아들이 예까지 살아왔네.
―「사람의 아들」 부분

인용시에는 섭리사관과 함께 은총의 사관이 제시돼 있다. 세상만물의 주재자로서 하나님의 가없는 은총으로 인해 인간의 삶, 세속사의 삶이 비로소 충만해지고 은혜로워질 수 있다는 깨달음으로서 은총의 세계관이 펼쳐지고 있는 것이다. 신의 섭리로 인간이 태어나서 하늘과 땅에 목숨 깃들이고 살아갈 수 있듯이 그 넘치는 은혜와 사랑 속에서 삶의 의미와 보람, 그리고 가치가 놓여진다고 하는 은총의 세계관이 자리잡고 있다는 뜻이다. 말하자면 모든 창조의 원천이고 세속사의 근본 운행원리로서 섭리사관은 은총의 사관으로 연결됨으로써 "하늘에는 영광이…땅에는 평화가"라고 하는 구원의 메시지로 고양될 수 있게 되는 것이다.

그러기에 "그 문을 열어야/만난다/받는다/안다/듣게 된다/옳게 보인다/맛보게 된다"(「숨은 문」 전문)라거나 「오, 아름다워라/환한 빛으로/온몸을 감싸고/사랑의 힘으로 타오르는 굳센 생애가/여기에서/하늘을 여는/문이 되었네"(「하늘 문」 전문)와 같이 크나큰 신의 섭리와 은총에 감사하는 신성사적 이적 체험을 맛볼 수 있게 된다고 하겠다.

마침내 당도했습니다. 문을 열고 들어서니 따스하게 손을 내밉니다. 빛살처럼 닻줄처럼 내리는 손을 잡습니다. 따스하게 전해오는 온기에 얼어붙은 몸이 녹아 찬바람에 마디마디 끊어지던 낱말들이 이어지며 말이 됩니다. 혀를 맴돌던 말이 아빠, 아버지라고 발음이

됩니다. 인자롭게 바라보던 어머니가 내 손을 잡고 푸
른 하늘과 맞닿는 봉우리로 이끌어가고 있습니다.

―「따스한 손」

다시 오시었습니다.

그 짙은 어둠을 뚫고

살을 찢고

피를 쏟고

다시 오셔서

하늘이 새롭게 열리고

세상을 일깨우셨습니다.

이 산등 허리마다

파란잎

희고 노랗고 붉은 꽃잎

터집니다

산뿌리가 물을 빨아올려

온 산이 새로 열리고 있습니다.

쏟아지는 햇살로

생명의 길을 열고

영원히 누릴

말씀을 읽어주고 있습니다.

―「부활」

두 편의 인용시에 드러나는 것은 사랑과 은총, 그리고 부활과 영생의 세계관이다. 모든 것이 신의 은총이며 사랑이고 그것은 신의 부활을 통해 영생에 이르는 길이고 구원을 향해 열려가는 길이기도 하다.

「따스한 손」은 마치 그의 한 스승인 목월의 시 「크고 부드러운 손」과 같이 구원과 영원으로 이르는 길을 제시하고 있다. 그것은 단순한 운명론에의 귀결이 아니라 보다 크고 높은 신의 품안에서 자유에의 길, 영원에의 길을 의미한다. 그러한 자유와 영원에로 이끌어 주는 '크고 부드러운 손' 으로서 '따뜻한 손' 이라는 뜻이다.

「부활」은 그리스도의 부활로 인해 새 생명을 얻고 영원과 구원에로 나아가는 모습을 노래한다. "그 짙은 어둠을 뚫고/살을 찢고/피를 쏟고/다시 오셔서/하늘이 새롭게 열리고/…중략…/쏟아지는 햇살로/생명의 길을 열고/영원히 누릴/말씀을 읽어주고 있습니다"라는 구절처럼 부활을 통해 영생과 구원을 향해 나아갈 수 있게 된 것이다.

시 「따스한 손」과 「부활」에서 神을 통해서 보다 큰 자유에의 길, 보다 아름다운 영원에의 길로 나아가게 됨으로써 한 가닥 영혼의 구원을 성취해가게 되었다는 뜻이다. 이들 시에서 아버지, 어머니란 생명의 근원이면서 동시에 하나님의 나라로 이르게 하는 영생과 구원의 가교로서 상징성을 지님은 물론이다.

맺음말

그렇다! 한광구 시인은 耳順에 이르러 비로소 '꽃을 꽃으로 볼 수 있는 至福한 눈'(박목월, 「開眼」 부분)이 열림으로써 그가 한 생애에 걸쳐 추구해 온 시와 신앙의 길이 행복한 화해를 이루기 시작한 것으로 받아들여진다. 그가 이번 시집에서 집중적으로 노래한 사랑과 평화의 정신도 기실은 이러한 부활을 통해 정신의 구원과 생명의 안식을 얻으려는 안간힘을 반영한 것으로 해석되기 때문이다.

아울러 그가 이번 시집에서 조용하게 탐색하고 있는 생의 존재론적 성찰도 결국은 이러한 사랑의 시학, 평화의 시학을 향한 고뇌의 징표라고 하겠다. 아울러 그가 모색해온 가벼움 지향성 또는 자유에의 길도 이러한 정신의 구원과 평화를 얻기 위한 구도적 역정이라고 풀이할 수 있으리라.

시사적인 맥락에서 그의 시는 박목월과 박두진의 시정신과 정서형질을 잇고 있는 것으로 이해된다. 섭리사관과 은총의 사관, 부활사관과 영생사관이라고 하는 기독교적 세계관을 근본 바탕으로 하고 있으며, 기본적인 정서의 형질이 자연과 인간에 대한 사랑과 탐구의 시선에 자리잡고 있기 때문이다. 말하자면 인간의 길, 예술의 길, 신앙의 길이 삼위일체를 지향해가고 있다는 점에서 혜산, 목월의 시정신과 정서에 시의 원천을 두고 있다는 뜻이다.

앞으로 그의 시는 보다 존재론적인 탐구로서 철학성을 깊이있게 탐구하고 신성사로서 종교성을 차원 높게 형상화해 가는데서 더욱 완성을 향해 나아가게 될 것으로 기대된다. 회갑을 맞이한 그의 삶을 축하하고 또 다시 새로운 출발점에 선 그의 시를 격려하는 마음으로 이 글을 쓴다.